JN190748

句集

海岳

中村遥

本阿弥書店

序

著者中村遥さんとはじめて会ったのは、たしか明石城の駐車場だった。「斧」の明石吟行だった。当日の作はひどいものだった、との述懐があるが、その後の活躍が目ざましく、みんなをおどろかせたのをまざまざと思い出す。そのあたりのことは「斧」の受賞歴に明白である。紹介すると、平成十三年の誌友の部の金斧賞をはじめとし、同人の部の山朴賞三回、山花賞四回というはなばなしさ――。

何人かにたずねられたことがある。遥さんには特別の勉強法があるのではないか、と。

一般にいわれている勉強法として「多作多捨」「多読多憶」があり、更に句集の書き写しがいわれる。遥さんはこれらを当然のこととし、目標を一段も二段も高処に置いての精進だったと推察する。それは結社の賞にとどまらず、角川賞、俳壇賞などに応募し、受賞は逃したが佳作や準賞で高い評価を得ていることからもうかがえるからである。

また一つには、俳句の本質の理解である。つまり俳句の要素というべき季語、切字、それに韻文であるとの理解の深さである。それを促したのは出身地淡路島ではないだろうか。島にはもちろん海あり漁がある。また山あり農もある。歳時記には農に関する季語が多いことにいちはやく着目し、農に深い関心を持つようになったと思われる。農業機械化直前の手作業の経験もあるそうだから強い。

箕の角を繕ふ鯊の潮あかり

島の井の涸れて唐箕の鳴つてをり

田遊びの人腥き真っ昼間

これなど農の心を摑んでいるのではないか。農の小さな一具である箕を捉えて巧み。鯊の潮とかかわらせて絶妙のバランス。ほろびつつあると思われているふしもあるが、生きつづけるだろう箕である。

唐箕もまた然りである。島の命ともいうべき井戸の涸れと唐箕を繰る音は何とも妙。また三句目は民俗の興味もさることながら、農の原初が思われ、農の心に入ることが出来る。

毒の鰭切り飛ばしたる神の留守
毒の虫八十八夜の箕の隅に
毒を吐くやうに鳥鳴く近松忌
毒の実の弾け井水の涸れはじむ

これらは毒気を捉えて物の本質に迫ろうとしているのか。一般常識人なら忌避するであろう毒をもって美を強調したり、醜を美化することもある。詩は本来毒である。即ち魅力。遥さんはすでに俳句の本質に目をとどかせているのだろう。

自画像の息出て黴の花開く
塔の朱を湿らすは梟の息
亀鳴くやこの畝の息はげしきと
戒名のゆたかや水餅の息も
かたかごの開くよ神のひと息に

見える筈ない息を捉えた秀作。万物は生きているのだという。リアルに叙して納得。詩心の深化が認められよう。一句目黴くさい息を感じる。二句目、朱の湿りは梟の息で納得。三句目、畝の息は事実で亀の鳴き声ともなって。四句目、戒名の主の息ともなって水餅の息。五句目、まさにかたかご。神のひと息は巧み。

この線上にシャーマニズムがあるのではないか。私はかつての感動を思い出す。それはテレビで見た棟方志功の仕事ぶりである。分厚い眼鏡を板にこすりつけるようにして、何度も口にした「お化け」である。芸術作品にはお化けが出ないと駄目だと受けとったのだが——。

最近出た桂信子の文集の中に、俳句を作る時の心を、「私はいつも不思議に思う。それは俳句を作るのではなくして、遠い祖先の霊魂が呼びかけてくるような気がするからである」とあるが、これも志功流にいえばお化けであろう。いうまでもなく、古典芸能にはお化けの類が背後についている。シャーマニズムを掲げる詩人や歌人がある。遥さんも緒霊と交感が出来るシャーマンとなる。

菜飯食ぶ夜は卑弥呼のこと思ひ
月待つや埴輪のやうな顔をして
縄文の香ぞ新藁を割きたれば
捨案山子地霊の声を聞くやうに

国生みの神の声ある蟹の穴

ときに縄文人になり、卑弥呼にもなり、捨案山子ともなって神（霊）の声を聞いている。このあたり大いに共感、魅力はつのる。

さて勉強法に戻ると、俳句は教えられないものと、芭蕉の名言にある。そうとすれば俳句は学び方ということになる。遥さんは学び上手といえるだろう。淡路の風土の強さと国生み神話のロマンを併せ持ち、加えてシャーマンとしてのかろやかな踊りを更に期待しよう。待たれたる一集『海岳』に乾杯！

平成二十六年初冬

吉本伊智朗

句集　海岳＊目次

装幀　花山周子

句集 海岳

中村 遥

山桜

平成十二年〜十七年

五十二句

艫綱の毳立つ涅槃月夜かな

涅槃西風石の碇を揚げにけり

船待つや本の付録の雛を折り

雛の日のこの蔵のこの匂ひかな

巣鳥鳴く閉校式の潮の香に

人形を納めし夜の山桜

墓石を切り出す山のさくらかな

鳥雲に浮灯台を地に揚げし

鳥の巣の下に力士の濯ぎもの

時化明けの港に蜂の巣を焼けり

蓮植うる藍の香放つものを着て

墓築くを見てをり春の大根提げ

蟇出づる竹の油を抜きをれば

瓦窯潰えて桜鯛の海

寝かせある帆柱に駒返る草

枝先に襤褸鳴つてゐる麦の秋

祭馬運ばれて行く古港

飛ぶ鳥の白を数へて一夜酒

畝白く固まり鱚の潮満ちる

猿除けの網仕掛けゐる喜雨の中

地獄絵の埃臭きや夜の蟬

蜥蜴の尾切れたり雨の断層に

軍鶏の羽根軍鶏が銜へて月見草

夏痩せて木簡呪符を仰ぎけり

蛇のよな流木を踏む帰省かな

秋の蜂踏みつぶしたる舟の上

草も木も薬に乾く盆の軒

火のやうに鳥鳴く明けの展墓かな

鳥の声ちぎれる雨の魂送り

初猟や埴輪の穴へ海の風

末枯れの草を踏みつつ馬磨く

木の実鳴る夜の蒟蒻作りかな

秋蒔きの畝に棘の木挿してあり

箕の角を繕ふ鯊の潮あかり

船の名で人呼んでゐる野分かな

玄室の朱のひとすぢの凍てにけり

荒壁の乾く音する神の留守

寒林を魚一本担ぎ行く

風紋の崩れゆく夜の神楽笛

島の井の涸れて唐箕の鳴つてをり

冬ざれや魚の口して魚を耀る

寒弾の軒に懸かりし潜水着

煤逃げの水族館に下駄の音

船霊の塩きらきらと獅子の笛

揚舟の上に脱ぎたる獅子頭

ほのぬくき馬穴の乳の淑気かな

どんど果てその跡に舟揚げにけり

舟を待つどんどの匂ひする人と

のど乾きたる探梅の舟の上

探梅や獣のやうな息を吐き

潮風に湿りて眠る狩の犬

しらじらと桶の乾きし亥の子かな

朴の花

平成十八年～二十年

四十八句

負鶏を帆布の襤褸に包みけり

むらさきの紐巻いてある接木かな

雉子鳴くやもすこし蔵を開けておこ

涅槃図を巻く満ち潮の音入れて

東風吹くや軍鶏の蹴爪に海の草

朴の花難所を越ゆる息に咲く

墓に漁具散らばつてをり巣鳥鳴く

菜飯食ぶ夜は卑弥呼のこと思ひ

縄文の鏃の並ぶ花の冷え

眼ぢからの強き女の桜守

花筵敷くやけものの足跡に

恥ぢらひの手のひら湿る夕桜

巣立鳥潮枯松を越えにけり

入日もぞもぞ潮風に蟇交む

海上の気象聞く夜の煮梅かな

船笛の絡みて一つ葉にちから

穀象の足音のある夜の畳

みづうみに麦飯の釜洗ひけり

潮を焚くつよき匂ひの外寝かな

水中りして船中の箱枕

屋根草の胞子飛び散る端居かな

舟戻る門火の灰を掃きをれば

海のもの雫してゐる盆の軒

盆ゆふべ鳥の骸をつつく鳥

縁下に白き櫓櫂や後の雛

金風は嬰を眠らすために吹く

太刀魚を釣りあげし地に割れ鏡

焦げてゐる穴の底より鬼やんま

豊満な案山子に見られ出漁す

毛見衆の踏みつぶしたる貝の殻

初猟の火に棘の木を焼べにけり

稲びかり貝追うて貝木をのぼる

月待つやや埴輪のやうな顔をして

箕の角は穀象虫の住むところ

雅楽の荷着きたる露の港かな

洄川に子供歌舞伎の幟鳴る

そはそはと十一月の毒の鰭

新しき船の名決めし煤の夜

魚の身のももいろ捌く雪催

左義長の終ひに櫂を焼べにけり

寒弾の屋根に干したる魚の鰭

漁終へて探梅舟といたしけり

夜神楽の畳より立つ藁埃

煤臭き人ら集まり薬喰

探梅やくちびる乾く眼の乾く

探梅の途中大きな牛の貌

捌きたる魚に息あり雪もよひ

鱈乾きけり海の声絞り出し

河骨

平成二十一年〜二十二年

六十四句

二ン月の白き花噛む白き鳥

寄居虫は殻を脱ぐとき見得を切る

国生みの島の御饌田の田螺かな

春大根力抜けたる白さなり

踝に波音絡む絵踏かな

立雛の視線に新しき位牌

闘鶏の空に潮の気地に火の気

負鶏を抱くや御饌津の海荒れて

びしよ濡れの声や白魚舟戻る

いつぴきの骨取り囲む大干潟

耳遠きをとことをんな春祭

生臭き土俵に霜の別れかな

浮巣見や舌の痺れる実を嚙みて

河骨の咲くとき水に鈴の音

むらさきの花貼り付きし箱眼鏡

空見むと鱏翻りひるがへり

蜘蛛の囲を透して覗く陰の神

梅雨の夜漆汚れの爪を切る

火の山を仰ぐや漆掻き終へて

舟音の近づいて来る曝書かな

避暑に来てにはか漁師となりにけり

飛ぶ鳥の次の白待つ端居かな

梅干してその夜は深く眠りけり

日蝕の下や箱眼鏡を抱へ

舟板に湿りし花火干しにけり

子午線に糸絡めたる女郎蜘蛛

鳥の羽根浮きたる海女の日向水

たよりなきわが影に水打ちにけり

髪の毛のひとすぢ浮きし水中花

三伏のただ振つてゐる毒の鰭

金魚孵化古墳の塵の浮く水に

子の笑顔なるこのあばれぶり

紐のよな魚干してある涼みかな

こんがりと松脂の色盆が来る

沓脱ぎに濡れたる銛や後の雛

老漁夫の金の指輪や鳥渡る

一草に蟹の噛み付く豊の秋

小鳥来る顔の体操してをれば

桐一葉息吐くやうに落ちにけり

豊満な霊長目に落つ一葉

出土せし馬の歯並ぶ豊の秋

蓑虫の糸月光の途中より

獣声吸うて新渋泡増やす

これ以上鵙を待てぬと鵙の贄

艫綱の焼けし渦あり雁の声

濡れてゐる魚拓に釣瓶落しかな

末枯れを来る末枯れのやうな漁夫

鶴来る空ほころびし処より

贋作の写楽や海鼠嚙み切れず

薬種の香つよき雨降る近松忌

火を焚きし大穴塞ぎ神送る

毒の鰭切り飛ばしたる神の留守

風花に大魚の腸を摑み出す

漁家灯る凍空の鳥呼ぶために

湯ざめして月と親しくなりにけり

一匹の皮干してある冬構

水吐いて海鼠の口のもも色に

冬座敷人の匂ひのなかりけり

一頭の骨あり煤逃げの浜に

雪女乗せて不漁の舟戻る

戒名のゆたかや水餅の息も

国生みの島の臍なり池普請

田遊びの夜へと髪染め爪染めて

人臭く田遊びの夜の更けゆきぬ

曼珠沙華

平成二十三年〜二十四年

七十六句

縁下の擢動かして蔓出づる
子午線に声絡ませて鴨引くよ

亀鳴くやこの畝の息はげしきと

�咲く下にうすうす獣の毛

鳥雲に入るや田小屋に空仏壇

藤房を見上ぐれば臍むず痒し

苗床に鳥の落せしものの湯気

木の脂の五彩を放つ彼岸かな

かたかごの開くよ神のひと息に

春寒の眼光放つ鵜の骸

抱卵の山に大きな捨て鏡

野遊びや卑弥呼のごとく白を着て

紙のよな魚を炙る山ざくら

毒の虫八十八夜の箕の隅に

阿波木偶の髪結ふ霜の別れかな

自画像の息出て黴の花開く

魚臭き雨降る蓮の浮葉かな

苦き実を噛みて螢を待ちにけり

螢見の酒や眦より酔うて

胡麻のよな花の散る散る夏神楽

青嵐埴輪の胸乳をさなくて
明易の水を濁して蝦の孵化

蛇の野に引き揚げてある釣筏

十字架の影の根元の蟻地獄

遡る魚の目をして虫送り

明易の気や生漆に色与ふ

男一匹漆一樹を掻き殺す

漆掻く漆光りの肌をして

かきくけと鳥鳴く夜の煮梅かな

門涼み肺に潮気の溜るまで

海鳥の翼下に夏花摘みにけり

そこらぢゅう鱗の光る花火舟

火山灰混じる空気や誘蛾灯

阿波木偶の白肌匂ふ夜の出水

百足虫死す藍発酵の香の中に

天牛の突き刺さりたる藍叺

裏山に白き花湧く夜の帰省

台風の芯ぞ阿波木偶夜叉となる

屋根裏に獣のけはひ盆が来る

生き生きと野良着の乾く盆の月

干蛸を鋏にて切る野分晴

音高く帆柱軋む地蔵盆

神の井を埋めたる夜のいねつるみ

毒の実の弾け井水の涸れはじむ

曼珠沙華満開くちびるに微熱
口開けて鳴きたるままの鵙の贄

日の丸の白の黄ばみて草相撲

だうだうと糸瓜の下の授乳かな

足裏の火照るや生姜引きたれば

塩壺に塩なき鹿の鳴く夜かな

虫の音を踏んで一舟担ぎ出す

鳥声に折れる程なる枯蓮

ぎす鳴くや大絵馬の火の恐ろしと

鯊のよな貌になるまで鯊を釣る

熟柿吸ふ臍に僅かな力入れ

秋蒔の畝に折れたる人の影

縄文の香ぞ新藁を割きたれば

船釘を鍛つ音高稲架の空へ

火恋し一畳程の仏画見て

切切と鎌舐め蟷螂枯れにけり

落葉降れ一羽の屍埋むまで

毒を吐くやうに鳥鳴く近松忌

木の香濃き盥に御饌や初時雨

千羽鶴目貼してある漁小屋に

塩壺に塩満たせ討入りの日ぞ

土に香を沁ませて菊は枯れにけり

薬の実弾けもうすぐ里神楽

鳥葬の岩見ゆる北塞ぎけり

煤逃げて板碑の南無をなぞりけり

寒施行顔の煤けし人ばかり

初山へ土橋の穴を跨ぎけり

田遊びの人腥き真つ昼間

藪巻をつつき潮気をこぼす鳥

寒林の芯に祀りし割れ鏡

炉を囲み皆縄文の顔となる

探梅や時に媚薬のやうな雨

石楠花

平成二十五年〜二十六年

雛唄や畳の下に家霊ゐて

古草に大地の色の有精卵

夜姿のよき木や涅槃雪を著て

春愁の芯なり毬に大き臍

亀の尾に亀の噛み付く彼岸かな

人臭くなりたれば鴨帰るなり

雁帰るみな充血の眼持ち

粗食とす帰雁の声を聞きし夜は

をどるよな埴輪もつともかげろへり

子午線をくすぐるやうに巣鳥鳴く

海鳴りの地（つち）を舐めゐる孕鹿

白魚舟戻るや白魚色の雨

白魚を啜るに舌の根に力

折れさうな阿修羅の腕や春の山

芹の水濁るや嘴のひと挿しに

木の洞に侏儒の声ある春の昼

遡る魚の目朱し初ざくら

山桜月より白くなれば散る

絹色の翅を賜り蠅生る

塞の神田打桜の影に濡れ

芋植うや破船の塵を浴びつつに

畦の木に白き花咲く繭のころ

明易の地に生臭き鳥の羽根

海景に倦みてか蜥蜴うそ眠り

国生みの神の声ある蟹の穴

線香の工場の軒の外寝かな

改宗の文書や島の井水増す

柚子摘花素潜り漁の海照つて

高らかな寝息や田水車を上げて

蝦の孵化石楠花谷の一水に

腸の透けたり毛虫焼く途中

墓裏はくちなは衣を脱ぐところ

神鏡に入りて尺蠖尺を取る

鳰の子の潜くよ太白を怖れ

三尺寝波音に似し息をして

毛虫をどるよ泉源の香に酔うて

時鳥老いぬ土柱の危ふさに

ほうたるに酔うてしまひし舟の上

屈強の影を従へ鮎を釣る

神の遊びか甌穴に蛭溜めて

さなぶりの温泉（ゆ）や純白の花浮かせ

夜の秋人も獣も考へる

夜の秋の水に藻蝦の脱皮殻

掃苔や獣の匂ふ水たまり

木に登る貝に盆唄遠くあり

盆の夜の鏡にしかとある指紋

光りつつ一木流る盆の川

病みし木を眺めてをれば盆過ぎぬ

木守の下に激しき鰭力

渋柿を剝くやこの世に猫背して

焦げ臭き人の集まる草相撲

藻蝦掻く新藁の香の身を捩り

魚の血の固まる簾名残かな

香りよき木の塵降るよ宮相撲

鳥ほどの息して胡麻を叩きけり

捨案山子地霊の声を聞くやうに

胡桃割るわざあり落人の血筋

大漁の船笛木槿萎むころ

地獄絵のあをあを野分来つつあり

鵙鳴くや顔無く乳房ある土偶

蝦あゆむ野分濁りの藻を蹴つて

菱採るや雨を恷ふる空の下

島に猿老いて鬼灯あをあをと

秋渇き聖画の白のまぶしさに

月待つや鯉の鱗を噛みながら

集魚灯夜食の人を照らしけり

菜虫とる素潜り漁の眼して

鰡大漁線香つよく匂ふ路地

水澄むや舟の齢の尽き果てて

鯫とぶ鯫色なる魚網より

真っ白な仔牛を授け神旅へ

牛の斜視冬木にひたと繫がれて

電気柵鳴らして神の還りけり

神還る雲の分厚き隙間より

神鏡を曇らすは綿虫の息

返り咲く一花女体のやうな木に

冬虫を鎛にかくまふ太柱

みつみつと神の気べたべたと落葉

寒林にヒト入りて一匹となる

花びらのやうな煤降る年の家

大年の充血したる孔雀の眼

年逝かす鹹気ほどよきもの嚙みて

水槽に亀を買ひたす年の果

鯉の頭をまふたつに割り年逝かす

麩に湯ぶつかけ馬屋のお元日

一月の一枝の先の虫の殻

襤褸のような魚干してある恵方かな

炉の灰を細かく掻けばむらさきに

積み上げし古書の隙間の淑気かな

衰へずあり懸鯛の目の力

篳篥のやうに牛鳴く寒見舞

牛の背にあつまる小春日の微塵

凍蝶の影のもつとも凍ててをり

わづかなる仏画の余白鳰の声

蟇深く眠り水脈狂ふ島

石積みの雲母を舐める狩の犬

地霊の声なるぞ霜柱を踏めば

霜の花開くよ神の夜歩きに

風花や埴輪の肌の桃色に

子午線を畏れ一樹に鷹老いぬ

凍蝶の大きな紋や舷に

梟の声風呂敷に包みたし

紋の銀輝かすため蝶は凍つ

塔の朱を湿らすは梟の息

あとがき

『海岳』は私の第一句集です。俳句を始めました平成十二年から二十六年夏までの句を収めました。

海岳とはその字の通り海と山の意味です。句集名に選びましたのは、勿論、私が俳句を詠むためによく吟行する神戸明石の海、そして故郷である淡路の海また丹波を中心とする兵庫中部の山の意味の他に、大恩の意味もあります。俳句に関わることによって私は多くの自然の大恩、人の大恩を感じております。そんな意もこめまして句集名と致しました。

私が卒業しました中学校の校訓は「海の如く山の如く」でした。淡路島の山の裾に建てられた木造校舎の窓からは百八十度に瀬戸内海が広がり、自然環境に恵まれた一学年三クラスほどの小さな学校でした。海沿いを走る道路に面した校門を潜り坂道を上って校舎へ辿り着く、そんな景が私の心には今もしかと残っています。しかし、現在は他の中学校と統合され廃校となり校舎も取り壊され山の斜面と化しています。小学校も統廃合の為名前すら残っていません。過疎化、少子化、時代の流れにはどうする事も出来ませんが、淋しさが心に残ります。

私は十八歳の春まで淡路島で過ごしました。無意識の内に私の体に沁み込んでいた自然の恵みはたくさんあったのでしょう。しかし未熟な私にはそれらの恵みを理解することなく進学と共に淡路島を離れ、結婚と共に神戸に住むこととなり現在に至っています。淡路島の歴史ある風土に気づくようになったのが俳句に関わり淡路島へ再三吟行をするようになってからのことです。沼島、由良、岩屋、富島、江井など信じ難いことなのですが、生まれて初めて訪ねる地ばかりでした。よき吟行地として私の心を満たしてくれるようになりました。こうして郷愁という言葉で片付ける事の出来ない私の淡路恋が始まったのです。幸いに今も母が永らえてくれるおかげで度々淡路へ通い、その度に多くの俳句を授かっております。これも大恩のひとつです。

また、俳句を始めることになった大きな恩もあります。昨年の初夏、私は六十歳を迎えました。そしてその時がかつて老後の楽しみのひとつとして俳句を始めようと思い描いていた時期なのです。しかしある人の言葉で約十五年も早く俳句を始めることとなりました。かつて俳句を始めようと思っていた時を迎え、ああ、早く俳句を始めていてよかった……という思いがしみじみと湧き、何とも言いようのない大きな柔らかな何かに包み込まれている私を感じるのです。「いつか俳句をしようと思っているなら一日でも早く明日から始めなさいよ」と勧めてくれた夫の母の言葉に感謝せずにはいられないのです。

また、最大の恩は何と言っても「斧」吉本伊智朗主宰、はりまだいすけ編集長です。主宰からは楽しく俳句と向き合うという事を教えて頂きました。そして伊智朗俳句の魅力を直に存分に見せて頂きました。写生における物の的確な把握、臨場感溢れる描写、豊かな技量はもちろん物の確かさの裏から滲み出る余情余韻、強い確かな言葉の裏にある深い味わい、そんな伊智朗俳句の写生の極致を私のこれからの指針として行きたいと思っております。

編集長は神戸市の俳句入門講座からの師で全くの白紙状態からご指導を頂きました。俳句の基礎そして俳句に向かう姿勢を教えて頂き、のちに単に俳句を楽しむという事だけではない次なる高みへ続く機会をたくさん与えて頂きました。時には私の力の及ばない事もありましたが、私にはそれらが大きな刺激となっています。

主宰には病気療養の中、選句の労をおとり下さいました事、さらに長い時間ペンを持っている事が難しいご病状にもかかわらず身に余る序文をお書き下さいました事、感謝の念に耐えません。お蔭で深みある一集となりました。ありがとうございました。

編集長には出版にあたりご助言、お骨折りを頂きました事心よりお礼申し上げます。

また、いつも吟行を共にし句会を共にしている「斧」西神句会の仲間、そして「斧」の皆様、結社を越えて関わって下さったすべての方々、皆様に支えられ楽しく俳句を続けることが出来たと思っております。心より感謝申し上げます。

そして最後に好きな俳句を存分に楽しむ事に理解を持って暖かく見守ってくれている夫へそして息子達へ感謝します。

なお、句集刊行に当り本阿弥書店の黒部隆洋様には大変お世話になり有難うございました。記して御礼申し上げます。

平成二十七年一月

中村　遥

著者略歴

中村　遥（なかむら・はるか）本名・美智子

昭和29年５月７日兵庫県に生まれる

平成10年９月　神戸市西区俳句入門講座受講
平成11年10月　「斧」投句を始める
平成12年８月　「斧」句会に参加始める
平成13年12月　第10回金斧賞受賞
平成16年１月　山朴同人
　　　　６月　第９回山朴賞受賞
平成17年５月　第８回朝日俳句新人賞準賞受賞
　　　　６月　第10回山朴賞受賞
平成18年５月　第11回山朴賞受賞
　　　　　　　山花同人
平成21年６月　第17回山花賞受賞
平成22年６月　第18回山花賞受賞
平成24年８月　第20回山花賞受賞
平成26年９月　第22回山花賞受賞

住所　〒651-2277
　　　神戸市西区美賀多台４丁目15の11
電話・FAX　078（961）5350
haruka41511olive@yahoo.co.jp

句集　海岳（かいがく）

2015年１月20日　発行

定　価：本体2800円（税別）

著　者　中村　遥

発行者　本阿弥秀雄

発行所　本阿弥書店

東京都千代田区猿楽町2-1-8　三恵ビル　〒101-0064

電話　03(3294)7068(代)　振替　00100-5-164430

印刷・製本　日本ハイコム株式会社

ISBN 978-4-7768-1154-1 (2874)　Printed in Japan

© Nakamura Haruka 2015